JN034302

文芸社

序文

「五行歌」という文芸をご存じない方は多いだろうと思います

およそ二十五年ほど前に、草壁焔太氏によってはじめられ、「短歌」「俳句」などの古典文芸に飽き足りない思いからスタートしたと語っておられます。

・古語を使わない

・文字数に制限を設けない

が大きな特徴です。

全国に支部があり、「五行歌」という月刊誌を中心に活動が続けられています。各支部では毎月「歌会」で会員の持ち寄る作品の感想、批評などが披露され、和やかな時間を楽しんでいます。

ある歌会に何気なく参加し、気楽に楽しんでおよそ二年ほど経った頃、先輩歌人から「これ読んでみませんか」と一冊の歌集を渡されました。

『五行歌集　雑木林』大井修一郎

多くの先輩歌人たちが個人歌集を出版され、個性的な作品集がたくさんございます。それらは少しずつ五行歌がどんなものか理解を深めるのに役立っていました。そうしたタイミングでこの歌集に出会いました。

しかし、この歌集はそれとは別に衝撃的でした。

波
波
波
波
水平線

たった二つの言葉で描き出す、無限の世界。

驚きました。しばらく立ち止まって反芻しました。いくら読んでも、次から次へと私の想像力を拡大させてくれます。こんな歌が書ける人になりたい、と心から思いました。

月刊誌「五行歌」には毎月二千首以上の作品が新しく登場します。幅広い個性の群れ、表現の工夫、楽しみ方は様々なのでしょうが、この膨大な数の中から最高の傑作はどれと選び出すことは大変です。どうしてもこの数の中に埋没していきます。

個人歌集はそうした膨大な作品群とは違い一人の作品を集めますので、その個性、工夫、魅力を明確に表現できるものだろうと思います。そんな理由から、私の作品を世に問うことにいたしました。諸氏の記憶に少しでも引っかかるものとなりますでしょうか。

二〇二三年一月

天河童

五行歌集　上機嫌◆目次

巡る四季

薹を踏み越えて
朝日が昇ってきた
凍てる水仙が
ふふっと
わらう

「あれは大根」
母の言葉が
何故かうれしい
初詣の
畑道

鴨が帰った
淀川の
水面に
静かに
雲が映る

菜の花の
おひたしの苦みは
冬の雷が
春の女神に持たせた
伝言

海も
山も
牛も鶏も
爺もばばも
春は　うれしい

寝そべっていた
猫が出かけ
微かに温もりが
残る
春の日の布団

桜の木に
桜の花
青空に
飛行機雲
うーんと背伸びする四月

新米先生が
新入園児を曳き連れて
樹に登ったように
桜
三分咲き

その先の
角を曲がると
鬼が待っている
いいえ
桜が満開です

あるじ不在の
畑に
ネギ坊主と
けしの花が咲いている
夏を迎える早暁

新聞を読んでいたら
ニワトリが座敷に上がってきた
遊んではやれんが
ゆっくりして行け
日は永い

過疎の村
今年越してきた家に
鯉のぼり
人々は仰のいて
挨拶をかわす

20時到着便の
君を迎えに走る
空港入り口の
照明が見えてきた
雨は上がった

五月の朝
農家直販所前
老夫婦　玉ねぎゲットで
軽く
グータッチ

あけ放った窓
夏の空
密談のできない
恋は
薄味

しかられて
一人で帰った日
橋から見た
つんつんしている
糸トンボ

この戦いは
静かだった
アゲハの羽が
一枚散る
青葉の葉陰

「鳴いてていいのか？」
蝉も迷っている
猛暑の昼下り
突然の
静寂

突然の
息切れに
すべてを悟った
八日目の
蝉

蜩の
空洞に
響く
夕焼け小焼けの
歌声

人生
夢の如しとか
それにしても
このかぼちゃ
でかいね

柿の実が熟し
メジロが毎日
遊びに来ます
祭りが終った村は
冬支度

北風の中
老婆の手を引いて
信号を渡った青年
「わしチンピラちがうで」
肩を怒らせ消えた

おいぼれの街灯が
点滅しながら
朝まで働いている
長い長い
冬の夜

ポツポツと
穴が散らばる
節分明けの
白い庭
雪の里の立春

丼から眺めると
湯気の向こうに
豊かな笑顔が
話し込んでいた
昭和のうどん屋

雪にすっぽりと
覆われた家
差し込む一筋の光
親子は
ババ抜きで沸き立つ

寒の夜
肩を寄せ合って
根昆布で飲る　炉端の酒
おい　燗番
寝るなよ

すいません
五分でも一分でも早く
一人で雪かきをする
鉄道員の
焦りと誠実

物は言いません

この亀
一万歳だとすると
シーザー・クレオパトラの時代に
すでに八千歳
すげー

山羊の子が
クルクル回る
来るといった
優しいひとが
まだ来ない

秋の昼中(ひなか)
天国の扉の前で
瞑想する
一尾の
蟷螂(カマキリ)

ガラス戸の
隙間に
毛玉を残して
ミケは
ゴローに逢いに行った

猿が百匹
同じ顔で
遊んでいる
一匹ずつ
上機嫌である

杜の朝
カッコー
産み捨てて来た
卵に送る
エール

粟粒を撒いて
笊につっかい棒
紐を握りしめて
スズメを待つ
塾なんて行くもんか

もうすぐ
日が暮れる
仕事の終わらない
カラスは
高速で飛ぶ

猫の剣幕に
驚いた　ちびシバは
グルグル　クルクル
いつまでも
詫びる

人は歌う

あきれた大きさで
ゆっくりと飛んでいく
それが
目的がないようにも見えない
飛行船は笑える

川を
じゃぶじゃぶと渡って
あちら側に上がる
生死の別れは
そんなものでいい

寝てたん
と詰問されて
どう返事しよ
ほんと　答えよがないねん
起きてるような　ないような

あかん
渡しそびれたラブレター
おかん
洗濯してしまよった
あんなとこに干してからに

瞑想に
命を懸けた先哲
最初に思いついた言葉は
極楽
楽天的である

三途の川の
渡し賃
手持ちが足りず
還ってきた
徘徊と一緒だ

貧しいから
ヒトに厳しくはならない
豊かだから
ヒトに優しくもならない
ファジーですね

母につかまれた時
その力の弱さに驚いた
以後
不良するのは
やめた

貧困の
苦しみを知る若者は
優しい
では　豊かに育った若者は
もっと優しいか

通いなれた
道
穴がある
分かっていても
落ちる

カエサルの母は
息子が
マザコンだったために
良妻賢母として
愛され続ける

頑張ったはやぶさの
最後の雄姿
あれから九年
僕は　再びの感動を
待っている

災害はあったが
戦争はなかった
平成が終わります
昭和の物語は
昔話になりますね

盗み酒で
しら切り通したお前
うちの墓地には
容れられん
と　三代目住職

正直者は
何があっても返済する
横着者は
金があっても踏み倒す
カネなしの俺は　えへん　借金もない

母を何回も
失望させた
報いは
受けなければならない
冷たい汗で目覚める

なにやってんだか
認知症の
自覚のない男
隣国の大統領を
叱りとばす

ＳＮＳもない
文才もない
恋人たちの恋文
拝啓　好きです
私も好きです　かしこ

黙して

故郷を捨て
家族を連れて逃げてきた
ひげの男
新しい歴史が生まれる
国境線

盗人よ
貧しい者からは
よせ
盗られて哀しいものを盗ったら
君が貧しくなる

ベンガルの太鼓は
懐かしくないか
父はお前に
人を殺せとは
教えなかったよ

ベンガルを
美しい国にしたいと言ったお前
ジャカルタでは
人を殺せと
教わったのか

貧しさ故の
無関心
豊かさ故の
無関心
うつろな平和を生きる

己の臓器さえ売るという
貧しさの苦しみ
砂漠周辺に
生きる
原理主義の人たち

密漁の
イカ釣り漁船が
沈む
波を恨むな
親を怨むな

郵便はがき

料金受取人払郵便

新宿局承認

7553

差出有効期間
2024年1月
31日まで
（切手不要）

160-8791

141

東京都新宿区新宿1－10－1

（株）文芸社

愛読者カード係 行

ふりがな お名前		明治　大正 昭和　平成　年生　歳
ふりがな ご住所	□□□-□□□□	性別 男・女
お電話 番　号	（書籍ご注文の際に必要です）	ご職業
E-mail		
ご購読雑誌（複数可）		ご購読新聞 新聞

最近読んでおもしろかった本や今後、とりあげてほしいテーマをお教えください。

ご自分の研究成果や経験、お考え等を出版してみたいというお気持ちはありますか。

ある　　ない　　内容・テーマ（　　　　　　　　　　）

現在完成した作品をお持ちですか。

ある　　ない　　ジャンル・原稿量（　　　　　　　　　　）

名				
買上 店	都道 府県	市区 郡	書店名	書店
			ご購入日	年　月　日

書をどこでお知りになりましたか?

1.書店店頭　2.知人にすすめられて　3.インターネット(サイト名　　　　)

4.DMハガキ　5.広告、記事を見て(新聞、雑誌名　　　　)

の質問に関連して、ご購入の決め手となったのは?

1.タイトル　2.著者　3.内容　4.カバーデザイン　5.帯

その他ご自由にお書きください。

(　　　　)

本書についてのご意見、ご感想をお聞かせください。

①内容について

②カバー、タイトル、帯について

弊社Webサイトからもご意見、ご感想をお寄せいただけます。

ご協力ありがとうございました。

※お寄せいただいたご意見、ご感想は新聞広告等で匿名にて使わせていただくことがあります。

※お客様の個人情報は、小社からの連絡のみに使用します。社外に提供することは一切ありません。

数千年に亘って繰り返される
人類の失態
箴言
「汝の隣人を愛せ」は
無理な命題であったか

男・女

いい男のそばの
女性(ひと)の目はキラキラ
その点
うちの奥さんは
残念な感じ

ハルカスを作った
鳶の頭は言う
あの娘は落せても
お前がビス一本でも落したら
突き落すぞと

試合終了の
ドラの後
勇者(ラガーメン)は
敵の美技を引き出すべく
ゲームを切らなかった

破壊された家の
跡地
男
折れた梁に腰かけ
煙草一吹き

男一人ぐらい養うと
素面で
豪語する
海女の焼く
牡蠣のかおりが漂う

振られた女は
しっかり反省をする
そして
逆襲の誓いを
女友達に打ち明ける

老いの輝き

栗を焼きながら
昔を思い起こすのもいい
癇癪オヤジの
気持ちも
今はわかる

汚れちまった
この村に
すべての汚れを
もって来い
他処を汚しちゃなんね

徘徊から
帰ってきた母の
ハンドバッグの中
色あせた
椿の花一つ

餓鬼になっては
いけない
再会を望む
母には
絶望という言葉はない

五十年前
貧しかったということはない
元気な
お前たちがいたからと
おふくろの矜持

マツタケが
沢山あるから
捨ててきた
ほらふく爺様の眼
アンコウにくぎ付け

干し柿の
暖簾を押して
旧友の顔が
ヌッ
夕日の中に丸い白髪

おずおずと
「長生きの秘訣は」と
尋ねる愚者には
「早く死にたいです」と
応えよう

母を失ったら
生きる価値がないと
思ってしまう
高齢者となった
子供の心

すさまじい
大法螺一つでも
吹いて死にたい
正直者の
私

おまえ
頭悪いのに
プライド高いね
コノテの口撃に
反論してはだめ

徘徊することになっても
わけは聞かないでくれ
一番知られたくないものを
探しに
行く筈だから

お前がそうであるように
人はみんな
残酷で
悲しくて
許しを求めているんだ

民主主義ミンシュシュギ
鳴きつのるクマゼミ
いかに聞き給いしか
敗残帰国の
傷病兵

青い空
後悔を曳いている
敗戦を戦ったその後の
成功者達
寡黙である訳

歩けるうちに
墓に参る
九十五歳の母がいう
今年の彼岸は
雨ばかりだ

ブランコを押しながら
振り返る
絶望と
再起の決意
往復する時の流れ

困難に向かう時
泰然と
預金残高を
数える
人でありたい

うつむいた日

富める者たちは
貧困に苦しむ者の
安心を許さない
ならば貧者は
革命を望む

「日本兵に
身を売った」と
親戚に石を投げられた悲しみ
それが
「怨」の核となる

人類の歴史は
悪行の発明の
競争ではなかったか
豊かな恵みを
否定する競争ではなかったか

無邪気

傘を交番に届けたゆうちゃんは
うつむいて
帰ってきた
お巡りさんが
エラそうにしたと

蹴っても
鳴いても
家につれて帰る
お土産
ポケットの中の青蛙

遊び足りない
ゴンタ顔の少年
お母さんの影を
蹴りながら
歩く

ボクのおもちゃで
遊ぼうと
誘ってくれた
叱られた日の
勇人君

4歳の汐音ちゃんが
夢は何ですか？
夢なんかない
なんてどうして言えよう
汐音の夢は魔法使いになること

よそ見して
電信柱にゴチンした少年
笑いの止まらない
おかあさんを
叩いて　引っ張って

緋毛氈に
雛あられがさし出された時
継ぎのあたった膝小僧を隠した
それ以後
美代ちゃんは優しくなった

履物をそろえる
汐音ちゃん
えらいね　というと
ママもしはるんよ
と言う

中学生が
遊んじゃいけないと
小４二人
びゅーびゅー
帰って行く

あとがき

二〇二二年のサッカーW杯において、わが日本チームは二度にわたって大金星を挙げました。

「まぐれでも勝てることはあるまい」と大方が予想したW杯です。「スポーツ科学」の賜物、「戦術研究の長足の進歩」「時の勢い」など、見方は様々でしょうが、いずれにせよ、大変驚いた「予選リーグ勝ち抜く」という結果でした。

高齢化社会、少子化が進むなど、若者世界の将来に危惧を抱いていた中高年世代に随分大きな希望を持たせてくれたのではないでしょうか。世界の中心で存分に力を示してくれた我々の後継者は大丈夫です。

そこで考えたことがあります。スポーツの世界では素晴らしい結果を出してくれたが、文化面においては如何なものであろうか、と。目に見えないだけなのでしょうか。

特に文芸の世界は、漫画、アニメと比較して、参加人口が心もとなく思えて仕方ないのです。

逞しい構想力、優れた表現力、みずみずしい感性に注目して、世界を驚かす文芸を生み出してもらえないだろうか。そんな意欲ある若者の登場を望みたい。

文芸世界の人口構成グラフが「逆ピラミッド」では高齢社会は心細く思うのです。

歌集を出すことには大きな決断が必要でした。

本が売れる時代は終わった。売れる見込みのないものをなぜ作るのか、など、出版を躊躇わせる背景と、「生きた証」が欲しいという気持ちがせめぎ合う長い時間の末の決断でした。

今年、母が亡くなりました。その母なら「チャンスがあるなら、やりなさい」と言うだろうなと思う人でした。マザコンの性癖は最後まで続くようです。

出版にあたって、表紙カバーには川原ゆう氏に写真を使いたいとお願いし、快くお許しいただきました。大満足の表紙になりました。深くお礼を申し上げます。編集は文芸社にお願いしました。多くの励まし、ヨイショ、オドシなどで、怯む心を維持していただいたと思います。おかげさまで希望を持ち続け、楽しく出版にこぎつけることができたと思います。

改めて五行歌の諸先輩方、仲間、各歌会関係者の方々に感謝申し上げます。その他お世話になりっぱなしの方々にも御礼申し上げなければなりません。ありがとうございます。

天河童

二〇二三年一月

著者プロフィール

天河童（あまがっぱ）

昭和 22 年 10 月 21 日生まれ

島根県出身

関西大学文学部国文科卒

五行歌の会会員

五行歌集　上機嫌

2023年 3 月15日　初版第 1 刷発行

著　者　天河童

発行者　瓜谷 綱延

発行所　株式会社文芸社

〒 160-0022　東京都新宿区新宿 1－10－1

電話　03-5369-3060（代表）

03-5369-2299（販売）

印刷所　図書印刷株式会社

ISBN978-4-286-28089-9